TERMINUS : GRAND LARGE

L'auteur

Hélène Montardre est née en 1954 dans la banlieue parisienne.
Ses parents ont souvent changé de résidence, et elle a partagé son enfance entre ville et campagne, aux quatre coins de la France.
Pour elle, l'écriture a toujours été une vocation.
Elle a publié une quinzaine de romans, des histoires, des contes et des ouvrages documentaires.
Elle a exercé plusieurs métiers : professeur (elle est titulaire d'un doctorat en études anglophones), guide culturel, secrétaire, éditrice... Chercheur en littérature de jeunesse, elle a soutenu une thèse de doctorat sur l'image des personnages féminins dans le roman jeunesse français contemporain.
Elle a aussi beaucoup voyagé : l'Europe, l'Amérique du Nord, l'Afrique. Ses passions : les livres, les voyages, la nature, le cinéma... et ses deux filles.
Elle vit dans la région toulousaine depuis 1981 ; mais ses vraies racines sont les monts du Forez.

Hélène MONTARDRE

Terminus : Grand Large

POCKET JEUNESSE
PKJ·

Ce texte a été précédemment publié sous le titre « La dormeuse du Val » aux éditions Milan, en 1995.

Loi n° 49-956 du 16 juillet 1949 sur les publications destinées à la jeunesse : juillet 2003.

ISBN 978-2-266-13082-0
Dépôt légal : juillet 2003

1

— Flora, regarde, il est encore là !

— Qui ça ?

— Tu sais bien, le type dont je t'ai parlé !

— Quel type ?

Aurélie leva les yeux au ciel :

— Il y a des jours, je me demande si tu écoutes ce que je raconte…

Elle écarta discrètement le rideau de la fenêtre de sa chambre et appela :

— Viens voir.

Flora s'approcha et jeta un coup d'œil distrait dans la rue. Du haut du troisième étage, elle apercevait la silhouette d'un homme aux cheveux châtains et vêtu d'une veste beige, un peu trop ample, jugea-t-elle.

— Et alors ? questionna-t-elle.

— C'est lui, jubila Aurélie.

Devant l'air interrogatif de son amie, elle expliqua :

— Il vient tous les soirs…

Elle regarda sa montre :

— À peu près à cette heure-ci. Ça fait deux jours.

— Bon, alors, c'est pas tous les soirs, coupa Flora avec logique.

— Tous les soirs, depuis deux jours, répéta Aurélie, agacée. Hier et aujourd'hui.

— Bon, et puis ? dit Flora, conciliante.

— Alors, voilà. C'est bizarre, non ? Il se plante là, sur le trottoir, sous ma fenêtre, et il observe l'immeuble d'en face.

Le regard des deux petites se porta machinalement dans la même direction.

— Il est comme le tien, constata Flora.

Aurélie ne trouva rien à répondre. C'est vrai, l'immeuble d'en face aurait pu être le sien. Construit à la fin du XIXe siècle, comme la plupart de ceux de son quartier, il comptait quatre étages plus un grenier, et était aujourd'hui divisé en appartements. Pourtant, pour Aurélie, cet immeuble était un autre monde. D'abord, il était situé de l'autre côté de la rue ; ensuite, elle n'y connaissait personne et n'avait jamais eu l'occasion de franchir les lourds battants de bois qui donnaient accès au porche ; et surtout, les habitants de cet immeuble d'en face avaient tous l'air de mener une vie curieuse.

Elle les observait parfois, ombres chinoises se dessinant derrière l'intimité des rideaux qui voilaient leurs fenêtres : ceux du premier à gauche n'avaient pas d'enfants ; il s'agissait d'un couple de retraités, qui fermaient leurs volets chaque soir à dix-neuf heures, été comme hiver. Pour les fillettes, c'était même devenu un point de repère : dix-neuf heures était l'heure à laquelle Flora devait rentrer chez elle. Leurs voisins de palier, en revanche, menaient un genre de vie bien différent : ils avaient trois jeunes enfants, dont un bébé qui hurlait à intervalles irréguliers, de jour comme de nuit, déclenchant à chaque fois un véritable branle-bas de combat. Au deuxième étage, rien à signaler. Au troisième gauche, un célibataire qui avait pour particularité de dormir le jour. Par contre, la nuit, Aurélie avait eu maintes fois l'occasion de le constater, toutes les lumières étaient allumées et une ombre allait et venait, arpentant inlassablement les différentes pièces qui constituaient l'appartement. Troisième droite, les volets restaient obstinément clos ; le logement était inoccupé.

Mais l'étage qu'Aurélie préférait était le quatrième. Le propriétaire y avait aménagé des chambres d'étudiants auxquelles les locataires apportaient leur touche personnelle : sur une fenêtre, un oiseau dans sa cage lançait son chant joyeux vers le ciel ; une autre était abondamment décorée de pots de géraniums. Aurélie et Flora riaient de voir les passants surpris de recevoir de l'eau sur la tête lorsqu'il prenait la fantaisie à l'occupante des lieux d'arroser ses fleurs. La troisième fenêtre était plus prosaïque : un étendage sur lequel venaient s'afficher culottes, chaussettes ou serviettes de toilette selon les jours.

Aurélie avait grandi en face de ces fenêtres. Flora aussi, dont la famille avait longtemps occupé un appartement dans le même immeuble qu'Aurélie, au deuxième étage. Pourtant, c'est à la maternelle du quartier qu'elles s'étaient trouvées. À l'époque, elles n'étaient que deux bouts de chou un peu instables sur leurs jambes. Dès le premier jour, poussées par une attirance mutuelle, elles étaient allées l'une vers l'autre. Flora avait déjà son visage tout rond, sa frange brune, ses grands yeux lumineux et son sourire heureux. Aurélie était plus menue ; ses cheveux châtains étaient ramenés en une queue-de-cheval haute et toute bouclée qui donnait à son visage un air malicieux ; et surtout, c'était une bavarde intarissable.

Depuis, elles ne s'étaient plus quittées.

Il y avait deux ans, cependant, la famille de Flora avait quitté l'immeuble pour occuper une grande maison, avec un jardinet. Heureusement, ce n'était pas très loin, à trois rues de là. Au début, les petites avaient eu l'impression qu'une distance infranchissable les séparait. Puis elles avaient appris à reconnaître le trajet, à se rendre chez l'une, chez l'autre. À présent, chacune d'entre elles avait l'impression de vivre à la fois dans un appartement et dans une maison.

Au collège, elles étaient pour la première fois dans des classes séparées.

Mais en dehors des cours, restait un tas de choses en commun : les récréations, la cantine, les activités du midi et cette délicieuse impression de liberté que leur donnaient les trajets, matin et soir, puisque, par chance, c'était la même ligne de bus qui desservait leurs domiciles. Aurélie descendait la première ; Flora l'accompagnait pour reprendre, un peu plus tard, un autre bus, ou pour finir à pied s'il faisait beau, comme c'était le cas depuis la rentrée des classes.

Celle-ci avait eu lieu trois semaines auparavant. Pour les fillettes, le collège était un monde nouveau, immense et imprévisible.

Aurélie poussa Flora du coude :

— Regarde ; moi je crois qu'il a un rendez-vous.

L'inconnu venait de vérifier l'heure à sa montre pour la troisième fois en moins d'une minute.

— Avec qui ? demanda Flora, sceptique.

— Avec une fille, tiens ! affirma Aurélie avec aplomb. Même qu'elle lui a posé un lapin !

— Tu crois ?

— Évidemment ; jamais vu quelqu'un d'aussi nerveux que lui.

— Mais il n'a pas de fleurs, observa Flora.

— Et alors ?

— Et alors, dans les films, les types qui ont un rendez-vous avec une fille ont toujours un bouquet de fleurs.

— Oui, mais c'est dans les films, ça. Et puis lui, ça fait deux jours qu'il vient ; alors, tu penses, les fleurs, elles ont eu le temps de se faner.

— Il en avait hier ?

— J'en sais rien. Non, je ne crois pas.

— Moi, je ne suis pas sûre que ce soit pour une fille qu'il est là, reprit Flora.

— Pourquoi ?

— Parce qu'il est toujours à guetter l'immeuble d'en face.

— Justement, il attend peut-être une des étudiantes.

— Non. Si c'était ça, il monterait ; il n'attendrait pas en bas. Il doit y avoir autre chose.

— Peut-être il a un message à remettre à quelqu'un, souffla Aurélie.

— Pas aux petits vieux du premier...

— Ni à ceux qui ont le bébé.

— À l'allumé du troisième ?

— Si c'est ça, il faut qu'il vienne la nuit, il aura plus de chance !

Elles éclatèrent de rire.

— Oh ! Il s'en va, fit soudain remarquer Aurélie.

Au même instant, dans l'immeuble d'en face, les fenêtres du premier étage s'ouvrirent et une vieille dame entreprit de tirer les volets.

Flora sauta sur ses pieds :

— Sept heures ; il faut que je m'en aille.

— Déjà !

— En plus, j'ai pas fait mon anglais.

— Vous en êtes où ?

— On finit l'unité un.

— Nous, on a déjà commencé la deux. Tu verras, c'est facile.

— Bon, ben en tout cas, j'y vais. Allez salut ; à demain dans le bus.

— À demain !

Flora attrapa son blouson, bondit hors de l'appartement et dévala les trois étages. Une fois sur le trottoir, elle leva brièvement les yeux vers le haut pour un dernier signe à Aurélie.

Au moment de repartir, un joli chat noir et blanc vint se frotter contre ses jambes en ronronnant.

— Tu as encore trouvé le moyen de t'échapper, toi ! dit-elle.

Elle se baissa pour le caresser, mais le chat avait passé sa patte sous le rebord du perron et jouait avec un objet invisible. Flora s'accroupit.

— Qu'est-ce que tu fais ? murmura-t-elle à l'oreille du matou. Oh ! Ça alors… ajouta-t-elle.

L'objet avec lequel jouait le chat était un médaillon, passé sur une chaîne ouverte. Sans réfléchir, elle le ramassa et le fourra dans sa poche. Elle ouvrit la porte de l'immeuble au chat, puis se mit à courir.

ODER

Ce soir, il était encore là.

C'est bizarre, je me demande vraiment qui c'est. Deux jours qu'il vient, à la même heure. Il se plante sous le porche, il attend un moment, et puis il traverse, pour regarder l'immeuble. Curieux.

Oh! un monsieur très comme il faut, apparemment; la veste un peu large... Mais il paraît que c'est la mode.

J'en ai parlé à Joseph, ça n'a pas eu l'air de l'inquiéter. Il a dit que je n'avais plus qu'à m'installer comme concierge! Tout ça, parce que je regarde de temps en temps par la fenêtre! Il faut bien profiter de la ville, non?

Moi, j'aime bien ce quartier. Les gens sont calmes, ils ont des habitudes. À huit heures moins le quart, le matin, il y a la petite d'en face qui s'en va attendre le bus, pour le collège. Elle revient vers cinq heures, avec sa copine, celle qui a déménagé il y a deux ans. Un peu plus tard, c'est la voisine qui s'en va. Oh ! Ils sont gentils... Si seulement le bébé ne criait pas si fort. Enfin, quand on a des enfants... Et plus tard, c'est Joseph et moi qui sortons faire les courses. Ça nous fait notre promenade, à nous aussi.

Et bien sûr, il y a plein d'inconnus qui passent dans la rue. Mais pas tant que ça, finalement. On voit toujours les mêmes têtes. Mais ce monsieur, là, deux jours de suite... Qu'est-ce qu'il attend ? J'espère qu'il ne prépare pas un mauvais coup.

C'est ce que j'ai dit à Joseph en fermant les volets. Depuis qu'il a eu des problèmes avec son bras, c'est moi qui les ferme. Il prétend que lui, ça lui fait trop mal aux articulations.

Eh bien, il m'a répondu que je regardais trop la télévision.

2

Flora s'étira avec délices dans son lit. C'était le moment de la journée qu'elle préférait, quand l'obscurité avait fini de s'installer et que la maison prenait son rythme nocturne, tout emplie des respirations de ceux qu'elle aimait.

Au début, cela lui avait paru curieux d'habiter dans une maison. Elle avait eu l'impression d'embarquer dans un navire pour une course solitaire sur l'océan de la ville. Elle avait vite compris qu'il n'en était rien. Au contraire, la maison était un élément d'un immense puzzle qui ne trouvait sa justification que lorsque toutes les pièces étaient là. Et le soir, c'était le cas. Dans les demeures qui entouraient la sienne, les lumières s'allumaient, des portes claquaient, un portail s'ouvrait pour laisser le passage à une voiture ; parfois, un air de musique passait par-dessus le mur. Flora avait appris à identifier tous les bruits de son quartier : les aboiements du chien, trois maisons plus haut, les frôlements du chat qui venait sous sa fenêtre lors de sa ronde quotidienne, les allées et venues des uns et des autres, les éclats de voix lorsque l'on s'énervait, ou les éclats de rire, quand les soirées se prolongeaient les soirs d'été.

Et elle, bien au chaud sous sa couette, appréciait pleinement le cadeau qu'elle avait reçu en venant là : une chambre rien que pour elle, comme Aurélie. Une chambre qu'elle avait arrangée comme elle voulait avec un papier bleu sur les murs et un grand poster où le soleil n'en finissait plus de se lever ; une chambre avec ses jeux, ses livres, son bureau et une porte qu'elle pouvait fermer pour rêver tout à son aise.

Dans l'appartement, ils étaient un peu les uns sur les autres : ses parents occupaient une chambre et son frère une autre ; elle partageait la troisième avec sa petite sœur. La cuisine était trop petite ; il fallait manger dans une autre pièce qui servait aussi de salon et de bureau pour son père.

C'est pour cela qu'ils avaient déménagé.

Chez Aurélie, c'était différent. Elle était fille unique.

Elle jeta un coup d'œil au réveil : neuf heures et demie déjà. Depuis qu'elle était au collège, elle se couchait plus tard. Il faut dire qu'elle passait beaucoup de temps sur l'anglais. Dans la maison, tout était calme. Ses parents devaient lire ou regarder la télévision peut-être ; son frère travaillait : il venait d'entrer en seconde et avait beaucoup de devoirs ; sa sœur avait dû s'endormir d'un bloc, comme chaque soir après le repas. Et elle... elle n'avait même pas le courage de lire.

Tout d'un coup, elle se redressa et, sans sortir du lit, attrapa son blouson posé sur le dossier de la chaise : le médaillon, elle avait oublié le médaillon ! Sous ses doigts, elle sentit le contact froid du métal et le ramena vivement à la lumière.

Il était encore plus ravissant que ce qu'elle avait pu en voir au premier regard. Doré, de forme ovale avec une fleur discrètement gravée sur le devant, un dos lisse comme un miroir et un anneau passé sur une chaîne aux mailles très fines dont le fermoir était cassé.

Elle caressa doucement l'objet et remarqua une minuscule charnière. Elle le manipula alors dans tous les sens. Soudain, il y eut un déclic et le médaillon s'ouvrit, lentement.

À l'intérieur, un portrait épousait parfaitement la forme ovale.

Flora l'observa longuement : il s'agissait d'une jeune femme brune, ravissante, aux longs cheveux ramenés en arrière et découvrant un grand front ; les yeux étaient couleur de violette et se posaient sur la fillette d'un air interrogatif ; les lèvres étaient closes, comme sur un secret oublié. L'ensemble dégageait un parfum de paix et de mystère mais aussi un sentiment de solitude si poignant que Flora resta longtemps, bouche bée, à contempler l'inconnue. Quel secret terrible avait-elle donc à lui transmettre ? Pourquoi l'avait-on enfermée dans la prison dorée que constituait le médaillon ? Comment était-elle arrivée sur les trottoirs de la ville ?

Mais l'image restait muette, aussi muette que le permettaient le regard grave et les lèvres scellées sur une histoire perdue.

Impressionnée, Flora referma le médaillon et le glissa précautionneusement dans la poche à fermeture Éclair de son porte-monnaie, qu'elle rangea soigneusement dans son cartable. Puis elle s'allongea, éteignit la lumière et s'endormit.

Dans son cœur, il y avait comme un parfum de violette.

PHARMACIE

J'ai perdu mon médaillon.

Ça me fait râler. Ça fait des années que je l'ai et puis j'y tenais, comme à un souvenir de famille.

Le pire, c'est que je ne sais pas où, je n'ai pas arrêté de circuler de toute la journée. Tout ce que je sais, c'est que je suis sûre de l'avoir mis hier. Après... Est-ce que je l'avais encore ce matin ? C'est peut-être à l'école, auquel cas j'ai une chance de le retrouver. Il faudra que j'en parle à la maîtresse de Julien. Sinon, voyons, où est-ce que je suis allée aujourd'hui ? De toute façon, c'est idiot. Même si je refais exactement mon itinéraire, je n'ai aucune chance de tomber dessus. Si je l'ai perdu dans la rue, quelqu'un l'aura ramassé.

Aux objets trouvés ? Pourquoi pas, je pourrai toujours essayer.

3

Le lendemain matin, Flora rata le bus.

Son père la conduisit au collège en pestant :

— Si tu rentrais plus tôt de chez Aurélie, ça n'arriverait pas.

— Ça n'a rien à voir, protesta Flora.

— Tu te couches trop tard. Regarde-moi ça, ajouta-t-il en freinant brusquement : tu me fais mettre dans les embouteillages. Bon sang, c'est pourtant pratique : on vous donne des cartes pour le bus ; c'est fait exprès !

— Ben oui, je sais. Mais c'est la première fois. Ça peut arriver, non ?

— En tout cas, avec cette histoire, je ne vais pas être en avance moi non plus !

À midi, ils sortirent en retard du cours de français et ne purent déjeuner qu'au deuxième service. Elle ne vit donc pas Aurélie. Elle la chercha pourtant dans la cour, mais la sonnerie de début d'après-midi retentit et il lui fallut suivre ses camarades de classe.

À la fin du dernier cours, elle rassembla en hâte ses affaires et se précipita vers l'arrêt de bus. Aurélie était là qui l'attendait et l'accueillit avec un :

— Ben alors, où t'étais passée, je t'ai pas vue ce matin ! Et à midi ?

— Oh ! là, là ! Tu vas pas t'y mettre toi aussi ! Je ne me suis pas réveillée, c'est tout. J'en ai déjà entendu de toutes les couleurs par mon père, ça suffit !

Autour d'elles, régnait une animation encore plus vive qu'à l'ordinaire : on était vendredi et tous étaient heureux que la semaine se termine. Et puis, il y avait le week-end à organiser. On entendait des : « Tu viens chez moi, demain ? » ; « J'peux pas... devoir de maths... lundi... » ; « Bon, je t'appelle alors ? » ; « Et ta sœur, elle sera là ? » ; « Quelle heure, tu dis ? » ; « C'est quoi, déjà, ton numéro ? » ; « Non, mon vieux ne voudra jamais... » ; « Avec la banane que je me suis pris en français... ». Chacun essayait de parler plus fort que son voisin ; il y avait des rires, des coups de sifflet et, de seconde en seconde, la foule des collégiens augmentait, traversant à grands pas la cour de l'établissement pour franchir avec allégresse les portes de la liberté.

Au milieu de cette cohue, les deux fillettes, comme la plupart des « sixième », se sentaient un peu perdues. Les autres leur paraissaient immenses, les « troisième » surtout, qui connaissaient tous les rouages du collège et savaient mieux que personne comment s'y prendre pour être les premiers à la sortie.

Sur la chaussée, le ballet quotidien des véhicules s'organisait. Il y avait les cars de ramassage qui ramenaient les élèves des quartiers excentrés, les voitures qui se faufilaient pour récupérer au vol certains d'entre eux, et les bus de ligne qui se succédaient, s'arrêtant juste le temps d'être pris d'assaut, avant de reprendre leur trajet habituel.

— Tiens, voilà le 56 ! cria Aurélie.

Mais Flora ne bougea pas.

— Qu'est-ce que tu as ? T'as l'air bizarre !

— Rien. Je t'expliquerai. Faut que je te montre un truc.

— Fais voir ?

— Pas ici. T'as pas vu la foule ?

— Viens, sinon, on va jamais réussir à prendre ce bus.

Flora soupira.

— Trop de monde, marmonna-t-elle.

Aurélie haussa les épaules.

— Pas plus que d'habitude. Bouge-toi un peu !

Son cartable sur le dos, Aurélie se fraya un passage dans les groupes de grands, entraînant dans son sillage une Flora rêveuse.

Finalement, le bus n'était pas si plein que ça et elles purent même s'asseoir. Le véhicule démarra et Aurélie, n'y tenant plus, répéta :

— Alors, tu fais voir ?

Mais Flora secoua la tête.

— Non. Chez toi.

— Mais qu'est-ce que c'est ?

— Un truc que j'ai trouvé.

— Où ça ?

— Sur le trottoir, devant chez toi.

— Mais quand ça ?

— Hier soir, en rentrant.

— Bon, écoute, si tu veux en dire plus, faut pas te gêner ! s'exclama Aurélie, agacée.

— Faut que je te montre, c'est tout. Je te jure, ça m'a fait un drôle d'effet.

Flora avait l'air si sérieux qu'Aurélie n'insista pas.

Le bus continua sa route, s'arrêtant régulièrement pour laisser descendre des grappes de collégiens qui continuaient sur le trottoir les conversations commencées à la sortie de l'école.

Assises côte à côte sur leur banquette, les deux fillettes se taisaient. Puis Aurélie se leva :

— C'est là.

Le bus se rangea le long du trottoir. Quatre ou cinq élèves descendirent avec elles. Le chauffeur leur adressa un petit signe amical et leur lança :

— Bon week-end, les jeunes ! Et n'oubliez pas, dimanche, on change d'heure !

— Merci m'sieur ! Bon week-end !

— C'est elle ! s'exclama Aurélie.

Une fois arrivées dans la chambre, Flora avait soigneusement fermé la porte, ôté son blouson qu'elle avait plié sur une chaise, ouvert son cartable, fouillé un moment, avec hésitation, trouvé enfin son porte-monnaie. Il y avait en elle comme une réticence à sortir et montrer au grand jour le médaillon au portrait. En même temps, elle se disait que c'était idiot. Et elle ne comprenait pas : elle n'avait jamais eu de secret pour Aurélie ; elles avaient toujours tout partagé. Et s'il y avait quelqu'un d'assez digne pour croiser le regard de violette, c'était bien sa meilleure amie !

Pendant ce temps, Aurélie s'était impatientée :

— Non mais, qu'est-ce que tu fais ! Tu veux peut-être le repasser, aussi, ton blouson, non ? Et qu'est-ce que tu cherches ? Ton porte-monnaie ? Tu le mets toujours dans la même poche !

Elle avait fini par se taire devant l'air grave de son amie, qui ne prenait même pas la peine de lui répondre.

Flora avait fait jouer la fermeture Éclair de la pochette. Elle avait sorti le médaillon et l'avait tenu en l'air quelques instants, le laissant danser dans la lumière au bout de l'or de sa chaîne.

— Que c'est joli ! s'était exclamé Aurélie.

Elle avait tendu la main.

Mais Flora avait enfoui l'objet d'un geste vif dans son poing fermé et avait dit, la voix enrouée :

— Attends, tu vas voir.

Et délicatement, elle avait actionné le mécanisme.

— Je suis sûre que c'est elle ! répéta Aurélie.

— Qui ça, elle ? interrogea Flora.

D'un coup, elle était redevenue elle-même. Quand Aurélie avait découvert le portrait, Flora avait lu dans ses yeux la même surprise, le même émerveillement, les mêmes doutes qu'elle avait elle-même ressentis la veille. D'un coup, elle s'était sentie soulagée. La seule différence entre Aurélie et elle, c'est que la première avait toujours une foule de réponses à proposer aux questions que la seconde se posait.

— Mais elle, voyons !

— Tu ne pourrais pas être plus précise ?

— Mais la fille que le type attendait, bien sûr !

Flora resta bouche bée :

— Le type d'hier soir ?

— Oui, le même que celui d'avant-hier soir.

— Et ce soir, il est là ? jeta soudain Flora.

Leurs regards se croisèrent et, du même mouvement, elles se précipitèrent vers la fenêtre… avant de laisser retomber le rideau, déçues.

— Personne, murmura Flora.

— C'est peut-être encore trop tôt, fit Aurélie, optimiste.

— Mais je ne vois pas ce qui peut te faire dire que ce portrait représente la fille que ce type attendait… si c'est bien ça qu'il était en train de faire, d'ailleurs !

Aurélie haussa les épaules :

— Simple : il est là. Il a rendez-vous avec elle. Il a son portrait en médaillon autour du cou parce qu'il l'aime. C'est elle qui a dû le lui offrir, alors, tu penses, il ne s'en sépare jamais. Pas de bol, la chaîne casse. Il ne s'en rend pas compte. Toi tu passes après lui ; tu le trouves.

— Tu as trop d'imagination !

— Et toi, pas assez !

Ce fut au tour de Flora de hausser les épaules, vexée.

— Je suis sûre que c'est beaucoup plus compliqué que ça. D'ailleurs, regarde-la : elle est trop bien pour lui.

— T'as même pas vu sa tête, à ce type !

— Non, mais il a une veste trop large.

Aurélie éclata de rire :

— Toi alors, je croyais que tu ne t'intéressais pas aux garçons !

— Ça ne m'empêche pas de regarder comment ils sont habillés. Et puis, c'est toi qui as prétendu que ce type attendait une fille. C'est peut-être complètement faux.

— Attends, reprenons : est-ce que ce médaillon était là, sur le trottoir, hier quand on est rentrées de l'école ?

Flora hésita :

— C'est possible. On ne regarde pas toujours par terre, on ne l'a peut-être pas vu.

— Moi, je dis que non. S'il avait été là, on l'aurait vu.

— Pas sûr, s'obstina Flora. Moi, sans le chat, jamais je ne l'aurais aperçu.

— Toi, évidemment, tu as toujours le nez en l'air ! Moi je suis certaine que ce médaillon a un lien avec le type. C'est clair, il a été perdu au moment où il était là.

— Pas forcément par lui, protesta Flora.

— Têtue, hein ?

— Non, mais je cherche autre chose. Et puis ce type, il n'était pas clair, il n'arrêtait pas de regarder l'immeuble d'en face.

Elles se turent un instant, observant l'appartement qui faisait directement face aux fenêtres de la chambre d'Aurélie : c'était le troisième droite, aux volets obstinément clos.

— Ça fait des années que c'est comme ça, murmura Flora.

— Il y a peut-être quelqu'un dedans, dit Aurélie.

— C'était ça que le type regardait.

— Ça fait des années qu'il est sur la trace de la fille, elle lui a jeté le médaillon pour signaler sa présence.

— Ah ! Non ! Tu ne vas pas recommencer avec tes trucs impossibles ! Par où elle l'aurait jeté, le médaillon ? Et puis, on ne peut pas vivre pendant des années dans un appartement fermé, ajouta Flora, plus incertaine.

— Ouais, tu as raison ; ça ne va pas.

Elles se rassirent sur le lit en silence. Dans le médaillon ouvert, la femme brune les regardait d'un air moqueur. En l'observant attentivement, Aurélie remarqua que l'ovale du portrait ne concordait plus exactement avec l'ovale de la monture. Elle essaya de faire glisser le portrait pour le remettre en place, mais celui-ci se détacha et tomba.

— Attention ! cria Flora.

Surprise, Aurélie essaya de le rattraper. Trop tard. L'image minuscule gisait sur le sol, face contre le plancher.

Aurélie tendit un doigt tremblant :

— Regarde… murmura-t-elle.

MAIRIE

Cette année, j'ai deux gamines, sur ma ligne, elles sont marrantes. Toujours ensemble. Pourtant, elles ne se ressemblent pas. Il y en a une qui cause tout le temps. Elle a peur de rien celle-là, avec sa queue-de-cheval toute bouclée. L'autre a l'air beaucoup plus calme. Elle écoute et, de temps en temps, elle lâche une phrase qui met par terre tout ce que l'autre a raconté. Les profs, ils ne doivent pas s'ennuyer avec des numéros pareils dans leur classe !

C'est drôle, il y a des chauffeurs, ça les agace d'avoir des jeunes dans leur bus. Moi, j'aime bien. Il faut dire aussi que sur cette ligne, il n'y a pas de gros problèmes, c'est plutôt des quartiers favorisés. C'est vrai que des fois, ils sont agités ; mais aussi, ça bouge ! Je les entends causer : c'est fou, tout les intéresse : le sport, la politique, la musique... Et les profs ! Qu'est-ce qu'ils prennent les profs ! S'ils entendaient tout ce qu'on raconte sur eux, ils seraient surpris !

Il me semble qu'à mon époque, on n'était pas si dégourdis. C'est vrai qu'on était bouclés aussi. La semaine à l'internat, le week-end chez les parents. À la campagne, en tout cas, c'était comme ça. Après, il a fallu travailler. À la ville, il y avait du boulot ; je suis parti et je suis devenu chauffeur de bus.

Au début, c'est dur, on fait des remplacements : pas de ligne fixe, pas d'horaires, et les clients, des fois, qu'est-ce qu'ils sont pénibles ! Après, on prend de la bouteille.

Ma ligne, je l'ai eue à l'ancienneté. Maintenant, j'ai des horaires bien réguliers. Et puis, j'aime bien les machines. Là-dedans, on se sent en sécurité ; on a l'impression qu'avec ça, on pourrait aller au bout du monde. Je me demande s'il y en a qui l'ont déjà fait. Ou alors, ne serait-ce que quitter l'itinéraire, sortir de la ville, aller dans les collines. Après tout, la machine, elle aurait bien le droit de se mettre un peu au vert, elle aussi !

Parfois, quand les jeunes embarquent, à cinq heures, j'ai l'impression qu'ils seraient partants...

4

87 KOSSATH. L'envers du portrait était blanc. Sur ce blanc, des petits signes apparaissaient, minuscules.

— Des chiffres, ou des lettres, avait dit Flora.

— Attends, j'ai une loupe.

Aurélie avait bondi à son bureau, retrouvé l'instrument.

Toutes deux, elles avaient épelé les chiffres, puis les lettres, avant de les retranscrire sur une feuille de papier.

Maintenant, elles regardaient l'inscription, perplexes.

— Qu'est-ce que ça peut bien vouloir dire ? murmura Aurélie pour la dixième fois.

Mais la femme au portrait, qui avait retrouvé sa place dans la monture, n'avait aucune réponse à apporter.

— C'est son nom, peut-être ? suggéra Flora.

— Son nom à elle ou à lui ?

— J'en sais rien. D'ailleurs, tu connais quelqu'un qui s'appelle comme ça, fille ou garçon ?

— Non. Mais c'est peut-être un nom étranger.

— Et le nombre ?

Aurélie ne trouva rien à répondre.

— Ou alors, c'est un nom de lieu ! suggéra tout à coup Flora.

— Et 87, le département ! fit Aurélie tout excitée. C'est quoi, 87, comme département ?

— J'en sais rien, moi ; t'as pas un carnet ou quelque chose où c'est marqué ?

— Si, attends. Voilà... 87, 87, 87... Haute-Vienne ! C'est où, ça, la Haute-Vienne ?

Flora haussa les épaules en signe d'ignorance.

— Et comment savoir s'il y a un bled qui s'appelle comme ça, là-bas ?

— Une carte, dit Flora. De toute façon, à quoi ça nous servirait de le savoir ?

— Ben, elle est sûrement là-bas, cette dame !

— Et alors, on ne va pas y aller lui rendre son médaillon.

— Tu ne sais même pas où c'est !

— Toi non plus !

Elles se regardèrent quelques instants en silence.

— Ce n'est peut-être même pas un nom de lieu, souffla Flora.

— Oui, c'est peut-être un code. Un mot qui veut dire autre chose.

— Comment savoir ?

— Faut trouver le code. J'ai un livre là-dessus ; je vais essayer.

— Bon, moi en tout cas, il faut que je rentre. Tu viens à la maison demain ? Amène ton bouquin.

— D'accord. C'est toi qui prends le médaillon ?

— Oui, dit Flora avec un sourire heureux.

Elle le rangea avec autant de précautions que la première fois.

— Et le type, s'il revient, je fais quoi ? interrogea Aurélie.

— Demande-lui s'il a perdu quelque chose ! jeta Flora d'un air léger. À demain !

JEANNE-D'ARC

Finalement, j'aime bien habiter ici. J'ai mis des fleurs sur l'appui de ma fenêtre. Des géraniums. Ça me rappelle la maison.

Au début, j'étais persuadée que je m'ennuierais en ville et que j'étoufferais aussi. Et puis finalement, non. Il faut dire que cette chambre est sympa. De là, j'ai la vue sur les toits. Et la rue est très calme. Pas aussi calme qu'à la maison, bien sûr. Mais quand même.

Quand les cours sont terminés, je vais marcher au bord du fleuve. J'écoute l'eau qui vient se cogner contre les digues, le vent jouer dans les feuilles et les oiseaux chanter. Je marche longtemps. Puis je rentre ici et je me mets à la fenêtre. C'est l'heure où les retardataires viennent chercher leur pain à la boulangerie. Chacun rentre chez soi.

À sept heures, la petite vieille du premier ferme ses volets. Juste après, la gamine sort de l'immeuble d'en face et s'en va en sautillant sur le trottoir d'en face. C'est réglé comme du papier à musique.

Après, comme par magie, tout se calme. Les lampes s'allument. Les gens s'installent pour souper. Souvent, la télévision est branchée. Comme il fait beau, les fenêtres sont ouvertes et j'entends la musique des pubs. Ça ne me dérange pas. J'allume ma lampe, moi aussi : c'est l'heure où je commence à travailler.

C'est drôle, ce quartier, c'est comme un village.

5

87 KOSSATH. Elles n'avaient plus que cette formule en tête.

Quand Aurélie arriva chez Flora, le lendemain, elle la trouva plongée dans l'étude d'une carte routière.

— C'est quoi, ça ?

— Une carte de la Haute-Vienne.

— Ah ! Et alors ?

— Rien. Et puis, c'est pas vraiment des noms dans ce style, là-bas. Ça fait une heure que je suis dessus, il n'y a rien qui ressemble à ça. Et toi ?

Aurélie s'assit en soupirant :

— J'ai essayé un tas de trucs ; rien trouvé, non plus.

— Quel genre de trucs ?

— Remplacer les lettres par d'autres lettres, comme si c'était un code. Par exemple, le k par un h, qui est placé trois lettres avant dans l'alphabet, et pareil pour toutes les autres lettres du mot. Rien.

— Mais c'est de la folie, ton truc !

— Pourtant, c'est comme ça qu'on fabrique les codes. C'est marqué dans mon livre.

— Mais, même si c'est un code, on n'a aucune chance de le trouver !

— Pourtant, ça veut sûrement dire quelque chose, soupira Aurélie. Et ton frère, il ne pourrait pas nous aider ?

Flora la regarda d'un air étonné :

— Mon frère ? Pourquoi ?

— Je ne sais pas, moi, il est grand, il doit savoir des tas de trucs. Et si c'est un mot étranger, il sait peut-être ce que ça veut dire.

— On peut toujours lui demander ; il est là.

— KOSSATH, répéta Ludovic. Ça ne me dit absolument rien.

— Sûr ? firent les petites en chœur.

— Certain. C'est quoi exactement ? Une marque de céréales ? Un nouveau feuilleton à la télé ? Le nom de votre prof de maths ?

— Non, non, grogna Aurélie.

— Vous avez trouvé ça où ?

— Dans les mots croisés, répondit précipitamment Flora.

— Parce que maintenant, vous faites des mots croisés ? Bon, allez, j'ai du boulot, moi. Si jamais je trouve quelque chose, je vous le dirai.

— O.K. Merci quand même.

— Bon, réessayons tes histoires de code, proposa Flora. Si 8 et 7 étaient en fait les premières lettres du mot. Dans l'alphabet, la huitième lettre est le h et la septième le g. Ça fait HGKOSSATH. Ça ne nous arrange pas tellement, hein ?

— Non, c'est pas ça. Mais c'est peut-être une autre combinaison.

À la fin de la journée, le sol de la chambre de Flora était jonché de feuilles de papier couvertes de calculs, de chiffres, de lettres et de mots bizarres. Mais leurs recherches n'avaient mené à rien.

— En plus, je me demande vraiment à quoi ça sert, tout ça, grogna Flora, tandis que la pénombre envahissait la chambre.

— Je ne sais pas, souffla Aurélie pour une fois découragée, elle aussi. Mais si on pouvait la retrouver, ce serait merveilleux, non ?

— Qu'est-ce qu'on lui dirait ?

— Qu'on a son médaillon. Elle pourrait le redonner au type. Il doit être tellement désolé de l'avoir perdu.

— Parce que t'y crois encore à ton histoire ?

— T'en as une autre à proposer ?

— Moi, je crois que si ce type avait perdu le médaillon, il serait revenu le chercher. Tu l'aurais vu, dit Flora.

— Pas forcément, je ne passe pas ma vie à la fenêtre. Et puis, il ne sait pas forcément où il l'a perdu.

— On tourne en rond, conclut Flora. Tu dors là, ce soir ? On aura peut-être d'autres idées.

— O.K., j'appelle chez moi pour voir si mes parents sont d'accord.

Flora ouvrit les yeux. Il faisait noir et tout était silencieux. Elle resta ainsi dans l'obscurité, les yeux écarquillés à se demander ce qui avait bien pu l'éveiller. Pourtant, il n'y avait eu ni bruit, ni lumière. Et sur le matelas déroulé à côté de son lit, Aurélie dormait d'un sommeil paisible.

Elle resta ainsi à scruter l'invisible, vaguement mal à l'aise, tous ses sens en alerte. La peur commençait à la gagner. Il s'était passé quelque chose, elle en était sûre.

Et puis soudain, elle se souvint : KOSSATH.

Elle s'assit et se pencha fébrilement vers son amie :

— Aurélie ! Aurélie !

L'autre ne bougea pas.

— Aurélie, j'ai une idée !

La petite grogna dans son sommeil et se retourna.

— Aurélie ! Réveille-toi ! Je crois que j'ai trouvé.

Maintenant, Flora secouait carrément son amie pour la tirer du sommeil.

Celle-ci finit par s'asseoir en s'exclamant :

— Hein ? Quoi ? Qu'est-ce qui se passe ?

— Chut ! Tu vas réveiller toute la maison. Écoute, je crois que j'ai trouvé !

— Quoi ?

— KOSSATH.

— Quoi ? répéta Aurélie encore à moitié endormie.

— KOSSATH ! Tu sais bien l'inscription : 87 KOSSATH.

— Tu as trouvé ! fit Aurélie à haute voix et bien éveillée à présent.

— Oui, je crois, peut-être. Mais pas si fort, je ne sais pas quelle heure il est.

— Deux heures et quart, l'informa Aurélie après un bref coup d'œil à sa montre. Et alors, c'est quoi ? ajouta-t-elle.

— Le nom d'une rue, annonça Flora la voix tremblante. Et 87, c'est le numéro.

— Tu crois ? fit Aurélie, abasourdie.

— Et pourquoi pas ? C'est possible, non !

— Et... Une rue de chez nous ? De notre ville ?

— Ça... murmura Flora. C'est bien dans notre ville qu'on l'a trouvé. Alors, pourquoi pas ?

— Comment on pourrait vérifier ?

— Calendrier des Postes, dit Flora en se levant et en allumant la lampe de chevet.

Éblouies, elles clignèrent des yeux en se regardant.

— Il y a un plan de la ville et un répertoire des rues dedans, compléta Flora. Il est dans la cuisine. Attends-moi, je vais le chercher.

Elle ouvrit tout doucement la porte de sa chambre. Dans la maison, il n'y avait aucun bruit. N'osant allumer de peur de réveiller sa sœur qui dormait la porte de sa chambre ouverte, elle se lança dans la longue traversée du couloir, puis de la salle à manger, avant de parvenir enfin à la cuisine.

À travers la fenêtre, la lune posait de larges taches blanches sur le carrelage. Dehors, un chat cria. Un autre lui répondit, très loin. Elle frissonna et regretta de ne pas avoir mis ses chaussons. Tout d'un coup, la maison lui semblait étrangère, inconnue. Dans l'obscurité et le silence de la nuit, elle avait l'impression de ne plus la reconnaître.

Elle tira tout doucement vers elle le tiroir du buffet en se disant qu'un voleur n'agirait pas autrement. Et si son père ou sa mère survenait, que dirait-elle ? Elle pourrait difficilement expliquer qu'elle avait soif avec le calendrier des Postes à la main !

Elle trouva enfin ce qu'elle cherchait, repoussa le tiroir, ignora la lueur pâle de la lune indifférente et regagna sans bruit l'abri de sa chambre où elle retrouva avec plaisir la douce lumière jaune de sa petite lampe et le sourire un peu crispé d'Aurélie.

— Je l'ai ! chuchota-t-elle en refermant la porte.

— Fais voir !

Elles se penchèrent en toute hâte sur l'index. H, I, J, K... K... Ko...

— Kossath ! s'exclamèrent-elles en chœur.

— Tu avais raison ! murmura Aurélie. Bravo ! 87, rue de Kossath. Il suffisait d'y penser. Tu es très forte !

— Ce qui est très fort, c'est que c'est justement dans notre ville.

— Et où ? Attends, on va chercher.

Il leur fallut encore un certain temps avant de découvrir que la rue Kossath était en fait une impasse, située à l'autre bout de la ville, de l'autre côté du fleuve, dans un quartier éloigné où ni l'une ni l'autre n'avaient jamais mis les pieds.

— Il faut y aller, décida Aurélie.

— Oui, mais comment ?

— Si on demande à nos parents, ils vont nous prendre pour des folles. Ou alors, il faudra tout leur expliquer et ils nous prendront encore plus pour des folles.

— Alors ?

— Alors, regarde, c'est tout près de la dernière station du métro.

Flora fronça les sourcils :

— En quoi ça nous arrange ? questionna-t-elle.

— Notre bus, le 56 ; si on ne descend pas à notre arrêt mais cinq arrêts plus loin, on sera tout près d'une station de métro, juste sur la ligne qu'il faut prendre. Et avec notre abonnement, on peut aussi prendre le métro.

Flora ouvrit de grands yeux :

— Tu veux aller là-bas toute seule !

— Pourquoi pas, ça n'a pas l'air compliqué. Le seul problème est de savoir quand.

Le silence s'installa dans la chambre. Ça, c'était un vrai problème. La semaine, elles étaient au collège : pas question de manquer, les parents seraient aussitôt prévenus. Le mercredi après-midi, elles étaient soit chez l'une, soit chez l'autre. Quant au week-end, inutile même d'y songer. À moins de tout raconter à quelqu'un, mais elles n'en avaient guère envie. D'ailleurs, qu'auraient-elles pu raconter exactement ?

— Il y a un moyen, commença Flora lentement.

— Lequel ?

— Le mardi, je finis avant toi, à quatre heures... Combien de temps il faut à ton avis pour faire l'aller-retour ?

Elle n'eut pas besoin d'en dire plus, Aurélie avait compris. Terminant à quatre heures, Flora pouvait tout de suite s'embarquer dans la traversée de la ville. D'habitude, elle attendait Aurélie et restait chez elle jusqu'à sept heures, comme convenu entre les deux familles. Cela rassurait tout le monde de savoir les deux petites ensemble à la sortie du collège et dans le bus et elles s'entraidaient dans leur travail scolaire, l'une étant bonne en maths et l'autre en français.

Ce jour-là donc, Flora s'en irait tout de suite, à quatre heures.

— Ça fait trois heures jusqu'à sept heures, tu as largement le temps de faire l'aller-retour, assura Aurélie.

Surtout que le mardi était le seul jour de la semaine où les parents d'Aurélie rentraient tard. Il n'y aurait donc personne pour contrôler l'absence de Flora.

C'était le plan parfait ! Les deux fillettes mirent leur projet au point, vérifiant l'itinéraire du bus et celui du métro sur le plan, comptant le nombre de stations, essayant d'évaluer le temps qu'il faudrait pour se rendre ensuite à pied rue Kossath.

Il était cinq heures lorsqu'elles se rendormirent enfin.

LES ÉCOLES

Aujourd'hui, Sébastien est allé à l'école tout seul. C'est la première fois. Ce n'est pas loin : il faut longer les immeubles, tourner à gauche en gardant le même trottoir, et voilà. D'ailleurs, il n'était pas vraiment tout seul ; il y avait Jérôme, le fils du boucher. Je les ai regardés partir tous les deux, depuis la fenêtre. Ils se tenaient la main ; ils étaient mignons. La femme du boucher les observait, elle aussi. Elle m'a fait un petit signe.

Cette rue, c'est bien pour ça. L'école est proche. Les commerces sont en bas de l'immeuble. Heureusement, parce que avec Charlotte et le bébé, je ne sais pas comment je ferais. Pour aller en ville, il y a le bus, qui nous relie au métro. Ça, le jour où Pierrot a trouvé cet appartement, il a fait une affaire. Au début, j'ai râlé, je voulais une maison. Mais une maison, c'est plus cher. Et puis comme ça, au moins, il n'y a pas de jardin à entretenir.

Les voisins aussi sont sympa. La vieille dame d'en face est un peu bavarde. Heureusement, quand le bébé se met à hurler, elle se sauve. Je la comprends. Les autres, on ne les entend pas.

Comme la rue. Le jour, il y a du passage, de l'animation. Le soir, c'est calme.

À quatre heures et demie, j'irai chercher Sébastien et Jérôme. On s'est mis d'accord avec la bouchère : un jour elle, un jour moi. C'est vrai, on n'ose quand même pas trop les laisser seuls. L'autre fois, il y avait un type sur le trottoir qui attendait on ne sait quoi. Elle l'avait remarqué, elle aussi. Et il y a quelque temps, c'était cette femme qui faisait les cent pas devant le porche... Belle jeune femme d'ailleurs. Brune, élégante...

C'est drôle, j'ai l'impression que je suis la seule à l'avoir vue.

6

Mardi, quatre heures.

À la sortie du collège, ce n'était pas la cohue habituelle, peu de classes terminant aussi tôt dans l'après-midi. Un peu inquiète, Flora se rendit seule à l'arrêt du bus. C'était la première fois. D'habitude, elle allait en permanence ou au CDI, s'avancer dans ses devoirs en attendant Aurélie.

Elle se sentait intimidée, comme le premier jour de la rentrée où il avait fallu franchir pour la première fois le portail du collège et la grande cour. Et Aurélie n'était pas là. Mais il y avait le médaillon, bien à l'abri dans sa poche, qu'elle tenait fort au creux de son poing fermé, comme un talisman.

Elle se planta à l'arrêt du bus, son cartable bien ajusté dans le dos, et attendit son numéro, le 56. Il faisait très doux, très beau, l'été n'en finissant plus de s'attarder depuis la rentrée des classes. Elle contempla le ciel bleu qui s'étendait largement au-dessus de la circulation et des toits et sourit. La ville sentait comme en été : un parfum de soleil et de poussière, de gaz d'échappement et de chaleur, auquel venaient se mêler les effluves du fleuve paresseux et les arômes qui, s'échappant du parc aux grandes grilles dorées, rappelaient discrètement aux citadins la présence d'une nature domestiquée. N'eût été les longs bâtiments du collège derrière elle, elle se serait crue en vacances.

Quand le bus arriva, elle y grimpa tranquillement et s'installa à sa place favorite, devant, là où le grand pare-brise permet une vue panoramique sur la ville. Elle nota avec une pointe de surprise que le chauffeur était le même que d'habitude, à cinq heures, lorsqu'elle rentrait avec Aurélie, puis se dit que c'était normal, qu'il devait effectuer plusieurs fois le même trajet dans la journée. Elle le salua en lui montrant sa carte :

— Bonjour, m'sieur !

Quand le véhicule s'ébranla, elle eut l'impression de s'embarquer pour un voyage nouveau. Et c'est vrai que rien n'était comme d'habitude. D'abord, elle était seule ; sans Aurélie. Ensuite, les occupants du bus n'étaient pas les mêmes que d'ordinaire : il y avait moins de collégiens et plus d'adultes. Elle eut même la surprise de reconnaître la vieille dame du premier de l'immeuble d'en face, assise au fond du bus, un ravissant chapeau violet sur la tête, et un petit cabas à la main. Et puis, il y avait beaucoup moins de circulation et le bus avançait plus vite, sans à-coups, s'arrêtant souplement à chacun de ses arrêts et redémarrant de même.

On passa devant celui où elle avait l'habitude de descendre avec Aurélie, puis devant le sien, non loin de chez elle, sans qu'elle ne bougeât.

Le chauffeur lui jeta un regard curieux dans le rétroviseur :

— Tu ne descends pas là, aujourd'hui, petite ? lui lança-t-il.

Elle sursauta et bredouilla :

— Non, m'sieur. Je vais plus loin, chez une copine qui est malade pour lui porter ses devoirs.

— Ah, bon ! Il y a déjà des malades, trois semaines après la rentrée !

— Ben oui, marmonna-t-elle en rougissant.

Elle se retourna, un peu gênée, mais il n'y avait plus personne de connaissance dans le bus et nul ne pourrait découvrir son mensonge.

À présent, le véhicule s'engageait dans une portion du trajet qui lui était inconnue. Elle avait appris par cœur tous les noms des arrêts et les guettait sans en avoir l'air sur les panneaux des abribus. Plus que trois, plus que deux, plus qu'un…

Elle se leva et appuya sur le bouton rouge pour demander l'arrêt. Le bus se rangea le long du trottoir ; elle sauta à l'extérieur, attendit que le véhicule eût démarré, puis disparu, avant de traverser pour gagner la bouche de métro qu'elle avait repérée.

Le métro, elle connaissait un peu. Elle l'empruntait parfois avec sa mère pour aller faire des courses dans le centre-ville. En primaire aussi, ils l'avaient utilisé avec l'école pour se rendre au spectacle ou visiter une exposition. Le maître en avait profité pour leur expliquer le fonctionnement : comment choisir la bonne direction et suivre son itinéraire sur la carte ; comment changer de ligne si cela était nécessaire ; comment valider le billet et un tas d'autres choses sur la conduite automatique, que Flora n'avait pas très bien comprises. Elle avait simplement retenu que dans leur ville, le métro est un VAL, « Véhicule Automatique Léger », un métro sans conducteur.

Mais aujourd'hui, elle était seule et elle n'était pas tout à fait certaine d'avoir raison de s'embarquer dans cette aventure. Pourtant, elle ne pouvait plus reculer. Que dirait Aurélie ? Et puis, elle était tout de même curieuse de vérifier si elle avait eu raison de se fier à son intuition.

Elle s'engagea bravement dans les escaliers, repéra sa ligne, glissa, le cœur battant, son coupon magnétique dans la machine... Ouf ! Ça marchait ! Elle s'était munie, à tout hasard, d'une pièce de deux euros, mais cela ne serait pas nécessaire. Restait à descendre sur le quai et à attendre la rame. Enfantin. Lorsque cette dernière arriva, elle y grimpa et s'installa avec l'aisance de celle qui pratique ce mode de transport tous les jours.

Elle suivit le défilé des stations avec attention, bien que cela fût parfaitement inutile puisqu'elle devait descendre au terminus. Mais cela la rassurait de voir que tout se déroulait comme prévu et de rabâcher dans sa tête tous ces noms qui l'aidaient à donner un visage à sa ville :

Oder, *Pharmacie*, *Mairie*, *Jeanne-d'Arc*, *Les Écoles*, *Le Parc*, *Pont-Neuf*, *Europe*, *Barrière*, *Jaurès*, *Grand Large*.

Grand Large ! Elle bondit sur ses pieds et suivit les quelques passagers qui, comme elle, descendaient au terminus.

À l'extérieur, la lumière avait un peu changé. Elle consulta sa montre : cinq heures et quart. Elle se dit qu'il lui fallait se hâter si elle voulait être de retour avant sept heures et sortit le plan de son cartable.

Ce n'était pas compliqué. Le fleuve était devant elle, si près qu'elle en fut même tout étonnée. Il fallait traverser par la passerelle réservée aux piétons, prendre la rue en face puis la première à gauche. L'impasse Kossath serait alors la deuxième sur la droite.

Elle se mit en route d'un pas vif. Elle aimait bien les abords du fleuve, avec ses grands arbres qui venaient compléter la fraîcheur dispensée par les lourdes eaux brunes. Elle leva la tête et cligna des yeux. Les feuilles étaient encore vertes mais se préparaient déjà à virer vers l'or et le brun et derrière, il y avait le ciel. Une brise légère les agitait, faisant danser la multitude des petites taches vertes sur l'azur de l'horizon. Elle s'arrêta quelques instants pour contempler l'harmonie du paysage que composaient les grands arbres au bord de l'eau, la passerelle élégamment jetée par-dessus le fleuve, la rue tranquille le long du quai, et les hauts immeubles sur la façade desquels l'ombre et la lumière venaient jouer. Elle écouta le bruissement des feuilles, le glissement des eaux et sourit au ciel en se disant que c'était peut-être cela la liberté : avoir le temps et le plaisir de contempler un arbre frissonnant par une journée de fin d'été.

De l'autre côté de la passerelle, le paysage n'était plus le même. Pour emprunter la rue d'en face, il fallait traverser une grande avenue à la circulation intense. Elle ne trouva pas le passage souterrain mis à la disposition des piétons et se fit copieusement klaxonner lorsque, après de longues hésitations, elle se lança en courant dans le flot des voitures.

De ce côté-ci, les beaux immeubles laissaient place à de vieilles maisons de deux étages aux façades salies, dont certaines avaient l'air inhabitées. Sur le trottoir qu'elle emprunta, une poubelle avait été renversée et des papiers gras jonchaient le sol. Elle s'engagea pourtant courageusement dans la rue, tourna à gauche comme prévu et chercha l'impasse.

D'un coup, elle ne se sentait plus très à l'aise. Son cœur battait et ses jambes tremblaient un peu. Il faut dire que l'impasse n'avait pas l'air bien engageante : étroite, avec de vieux pavés mal emboîtés, sans trottoirs, sans lumière, elle ne donnait pas vraiment l'impression que des gens puissent vivre là.

Flora commença à regretter de s'être lancée dans cette aventure. Autour d'elle, tout était désert. Si jamais il lui arrivait quelque chose, qui pourrait-elle appeler ? Mais le médaillon lui redonna de l'assurance.

« Allons, se dit-elle. C'est trop bête d'être venue jusqu'ici et de reculer. J'y vais. »

Elle pénétra dans la ruelle en plissant le nez. Cela ne sentait vraiment pas bon. Elle longea d'abord un haut mur gris, bientôt percé par une porte en fer noire. 2, annonçait une inscription tracée à la peinture rouge sur la porte. Elle leva la tête et se demanda s'il s'agissait vraiment de l'entrée d'un immeuble, aucune fenêtre ne venant éclairer le gris de la façade. Puis elle réalisa que si le 2 était de ce côté, son numéro à elle, 87, devait être de l'autre côté et sûrement au fond de l'impasse !

Elle contempla avec horreur le haut mur de briques rouges dressé en vis-à-vis de la façade lépreuse et qui ne laissait pas espérer, lui non plus, de nombreuses ouvertures. Elle avança néanmoins ; pas bien loin. L'impasse faisait un brusque virage sur la gauche, pour se terminer par un autre mur de briques. Une dernière porte noire portait modestement le chiffre 8 ; Flora le regarda sans comprendre.

Elle refit l'impasse en sens inverse en se disant qu'elle avait dû se tromper. Mais non ; il y avait bien quatre portes d'un côté, numérotées 2, 4, 6 et 8, et rien de l'autre, et la plaque à l'entrée portait bien « impasse Kossath ».

Elle regarda l'heure : six heures.

« Il faut que j'y aille, pensa-t-elle en un début de panique. Et personne à qui demander. »

À cet instant, la porte du numéro 2 s'ouvrit et une femme en sortit, vêtue d'une jupe en cuir très courte et d'un gilet à franges assorti.

Elle considéra la fillette avec étonnement :

— Qu'est-ce que tu fais là, toi ?

— Euh... Je cherche le 87.

— Le quoi ?

— Le 87 de l'impasse Kossath.

— T'as dû te tromper. Y a jamais eu de 87, ici.

— Ah... Et il n'y a pas une belle jeune femme brune avec de longs cheveux et des yeux couleur de violette qui habite par ici ? s'enhardit Flora.

L'autre éclata d'un rire bruyant :

— Ah ça, ma poulette, ça se saurait ! Non, il n'y a pas ce que tu dis ici. Et puis, tu ferais mieux de filer, c'est pas un coin pour toi. T'habites où ?

— De l'autre côté de la ville, souffla la fillette n'osant en dire plus.

— Alors, file ! Allez, ouste ! fit la femme en claquant des mains comme pour chasser une volée de moineaux.

Prise de panique, Flora fit demi-tour sans demander son reste et s'en fut en courant, son cartable brinquebalant dans le dos. Elle retrouva la rue aux poubelles, la grande avenue où les voitures, aux phares à présent allumés, semblaient aller de plus en plus vite. Tout lui semblait hostile, depuis les déchets étalés sur le sol qui entravaient sa course, jusqu'aux rares passants qui s'arrêtaient pour voir cette gamine détaler.

Elle allait se lancer pour la seconde fois dans le flot de la circulation, lorsqu'une main se posa fermement sur son épaule.

Elle se prépara à hurler, mais elle se rendit compte qu'aucun son ne sortirait de sa gorge.

« C'est un cauchemar », eut-elle le temps de se dire.

Puis une voix jeune lui souffla :

— Pas par là, petite. À l'heure qu'il est, les gens sont pressés de rentrer chez eux, ils vont te réduire en bouillie. Prends le passage souterrain, tiens, juste là.

Elle retrouva un filet de voix pour murmurer :

— Merci…

Mais déjà le grand adolescent qui l'avait renseignée s'éloignait à grands pas.

Elle dévala les marches de ciment, traversa les couloirs, guettant au-dessus de sa tête le sourd grondement des voitures. Assis à même le sol, trois hommes barbus se partageaient une bouteille de vin. Allongé entre eux, un énorme chien dormait.

— T'as pas une pièce ? fit l'un des hommes machinalement en la voyant passer.

Le chien dressa une oreille attentive.

Flora se sauva de plus belle.

Enfin, elle ressortit à l'air libre, martela de sa course effrénée la passerelle de fer, chercha à reprendre son souffle. La journée finissait ; la belle lumière de tout à l'heure avait fait place à un crépuscule inquiétant. De ce côté-ci, tout avait l'air plus calme, mais là aussi, les voitures avaient allumé leurs veilleuses et les arbres semblaient s'être déjà installés dans la longue attente de l'aube.

Dans le métro, elle se sentit mieux ; elle retrouvait tous ses repères. Elle passa le contrôle des billets et descendit sur le quai. Elle était seule. Elle vérifia l'heure : six heures trente-cinq. Elle pouvait encore arriver à temps... si la rame ne tardait pas. Mais pour l'instant, les deux voies étaient vides. D'un côté, se trouvait celle par où les trains arrivaient ; de l'autre, celle par où ils repartaient. À chaque bout du quai, un tunnel noir, qui menait d'un côté vers le domicile de Flora et de l'autre...

« Au fait, ils vont où, les trains, après le terminus ? » se demanda Flora en contemplant l'ouverture béante.

Elle n'eut pas le temps d'approfondir sa question : une rame arrivait du centre-ville.

« Zut, zut, zut... et le mien ? » trépigna Flora.

Le train s'immobilisa, les portes s'ouvrirent, tous les passagers descendirent et se dirigèrent aussitôt vers la sortie. En moins d'une minute, elle se retrouva seule sur le quai. Elle contempla, fascinée, les portes qui se refermaient.

C'est à cet instant qu'elle la vit. Elle était assise tout au fond de la dernière voiture, la tête appuyée sur la vitre. Elle dormait. Elle était comme sur le portrait : brune, les cheveux relevés, un grand front, un nez droit, la bouche bien dessinée. Si ses yeux avaient été ouverts, ils auraient eu la couleur de la violette, Flora en était persuadée. Son cou était enfoui dans un foulard de soie parme. Il y avait une légère buée sur la vitre, là où son souffle venait se poser, à chaque respiration.

« Elle vit », se dit Flora absurdement.

Sur le siège à côté, un petit garçon était allongé, tout brun, endormi lui aussi, sa tête posée sur ses genoux à elle.

Cela dura à peine quelques instants. La rame démarra et glissa silencieusement vers l'ouverture béante qui ne menait nulle part.

— Mais… fit Flora à haute voix en levant la main.

Elle se retourna. Dans son dos, une autre rame venait d'arriver, la sienne, et déjà un signal annonçait la fermeture des portes. Elle n'eut que le temps de bondir à l'intérieur avant qu'elle ne démarre.

LE PARC

Quand on roule, on a le temps de penser. Oh, bien sûr, il faut faire attention : pas question de perdre la rue de vue une seconde. Mais enfin, bon, l'itinéraire, on le connaît, et dans les heures creuses, il y a peu de circulation.

Alors dans la tête, ça va, ça vient. Si j'avais pu écrire toutes les pensées qui m'ont traversé le crâne depuis des années que je fais ce métier, ça couvrirait des kilomètres de bitume. Il y en a qui seraient surpris.

Tiens, ça me fait penser que sur mes deux petites chipies, là, ce soir, j'en ai eu une à la sortie de quatre heures et l'autre à la sortie de cinq heures. C'est la première fois. D'habitude, elles sont toujours ensemble.

Celle de quatre heures, c'était la petite brune silencieuse. En plus, elle est descendue plus loin que son arrêt habituel. Je me demande bien pourquoi.

J'espère qu'elles ne se sont pas disputées.

7

— J'ai eu une de ces frousses, tu peux pas savoir. C'est sinistre, ce coin. Je recommencerai jamais un truc pareil. Et puis, c'est pas possible qu'elle habite là-bas ; tu verrais à quoi ça ressemble !

Pour la dixième fois, Flora racontait son histoire. Elle d'habitude peu bavarde n'en finissait pas de répéter son aventure, retrouvant à chaque fois un détail oublié. Pour une fois, c'est Aurélie qui écoutait.

— Ben ma vieille, t'as eu du courage, finit-elle par dire. Moi, je ne sais pas si je l'aurais fait.

— Et puis, j'avais tellement peur d'être en retard, reprit Flora. Qu'est-ce que j'aurais pu dire ?

— Et tes parents n'ont rien remarqué ?

— Non. Une chance, il n'y avait que mon frère quand je suis arrivée. Il m'a juste dit : « Qu'est-ce que t'as, t'es toute blanche ? »

— Qu'est-ce que t'as répondu ?

— Je sais pas, un truc. Que j'étais fatiguée, je crois.

Elle se tut quelques instants avant de reprendre :

— Et le plus râlant, c'est que quand je l'ai vue, je n'ai rien pu faire. Rien. La rame a filé, comme ça, pfuittt ! Personne n'a rien remarqué. Et moi, il fallait que je rentre.

— Mais où ils vont les trains après ? questionna Aurélie.

— J'en sais rien ! J'en sais rien ! Tu te rends compte, elle y est peut-être encore.

— Non, sûrement pas, protesta Aurélie.

On était mercredi après-midi et cela paraissait invraisemblable que l'inconnue ait passé toute la nuit et une bonne partie de la journée du mercredi oubliée dans une rame de métro.

— De toute façon, ils vont quelque part après, les trains, dit Aurélie. Il faut bien qu'ils fassent demi-tour pour repartir dans l'autre sens.

— Oui, tu as raison. Mais si elle s'est réveillée dans le noir…

— Et l'enfant ? Comment il était l'enfant ? questionna Aurélie.

— J'ai pas bien vu. Il dormait. Mais je crois qu'il était comme elle.

— Un enfant, c'est que ça complique tout, fit Aurélie. C'est peut-être aussi celui du type.

— Aurélie, arrête avec ce type ! Tu l'as revu, d'abord ?

— Non.

— Bon, alors, on n'en parle plus.

— Et qu'est-ce qu'on fait, maintenant ? questionna Aurélie.

— J'en sais rien. Moi, j'ai un tas de devoirs. Et pas question de se lancer dans une autre expédition.

EUROPE

C'est infernal, ça, ça fait trois fois. Elle me laisse un message sur le répondeur, l'adresse, le jour, l'heure et elle ne vient pas. C'est tout de même un comble ! L'adresse est bonne, elle correspond. Mais l'heure, elle n'a pas pu se planter trois fois de suite, c'est impossible !

Et moi, quand j'appelle, j'ai une voix suave qui m'indique que le standard est fermé à partir de dix-sept heures trente. On croit rêver !

Bon sang de bonsoir ! Et j'ai traversé toute la ville pour venir là. Je ne vais quand même pas recommencer tous les jours. Et puis, je vais finir par me faire repérer. Déjà la petite vieille du premier, là, je trouve qu'elle me regarde d'un sale œil. Je me demande ce qu'elle peut bien imaginer. D'ailleurs, en général, les gens ont trop d'imagination. Les situations les plus compliquées ont toujours une explication fort simple. Tiens, cette fille, je suis sûr qu'elle va trouver un truc totalement banal à me raconter quand elle va arriver. Si elle arrive…

En tout cas, en attendant, moi je perds mon temps. Bon, d'accord, ça me laisse le loisir de m'imprégner de l'atmosphère des lieux et c'est vrai que le quartier a l'air sympa. Mais enfin, pas suffisamment pour camper sur le trottoir !

Bon, je compte jusqu'à cent. Si à cent elle n'est pas là, je m'en vais.

260, 261, 262…

8

Jeudi. Décidément, aujourd'hui, rien n'était comme d'habitude. D'abord, le père de Flora était venu la chercher en voiture à la sortie du collège : rendez-vous chez le dentiste. Aurélie avait attendu le 56, comme tous les jours. Surprise : un contrôleur vérifiait les titres de transport. Le contrôle avait été vite fait : il n'y avait pratiquement que des collégiens dans le bus et tous avaient leur carte.

Une fois son travail effectué, le contrôleur s'était placé derrière son collègue pour bavarder en attendant son arrêt.

Debout près de la porte d'entrée, son cartable posé sur le sol entre les jambes, Aurélie écoutait sans y penser la conversation des deux hommes. Le contrôleur était hilare.

— Ça fait des mois que cela ne s'était pas produit, disait-il. Elle dormait. Et puis bien. Et son fils aussi.

Aurélie dressa l'oreille, abasourdie.

— Qui c'est qui l'a trouvée ? demanda le chauffeur.

— Le gars du garage. Heureusement, la rame partait en révision. Sinon, c'était le stationnement ; c'est à cette heure-là qu'on réduit le trafic sur ce secteur. Elle en avait pour la nuit.

— Tu parles d'une histoire.

— Ah ! Elle a fait le tour du réseau, tu peux me croire ! En plus, il paraît qu'elle était ravissante…

Le bus s'arrêta. Le chauffeur se pencha vers Aurélie :

— Eh, petite, c'est pas là que tu descends ?

Aurélie sursauta :

— Euh, si ! Merci, m'sieur.

Le chauffeur secoua la tête et confia à son collègue :

— Ils sont marrants les petits ; des fois dans la lune ou d'autres, tellement occupés à causer qu'ils loupent leur arrêt.

PONT-NEUF

Des fois, ma sœur, elle est trop.

J'essayais désespérément de me fourrer dans la tête un poème que le prof de français nous a refilé, Le Dormeur du val, *ça s'appelle. Elle m'entend dire le titre, elle me saute dessus.*

— C'est quoi, cette histoire, un type qui s'endort dans le métro ? elle me fait.

Sur le coup, j'ai pas tilté. Je commence à lui répondre :

— D'abord, c'est pas une histoire, c'est un poème...

— Ouais, c'est pareil. Mais c'est un type qui dort dans le métro ?

Je l'ai regardée et puis j'ai compris. Avec papa, on a éclaté de rire ensemble. Morts, qu'on était. À pleurer. Pendant une demi-heure, j'ai rien pu faire d'autre. La frangine, elle pigeait que dalle.

— Pourquoi ? Ben quoi, qu'est-ce que j'ai dit ? répétait-elle.

Ma mère est arrivée, elle a rien compris.

— Mais quoi, qu'est-ce que j'ai dit ! criait ma sœur.

Papa lui a fait signe de se taire. Il pouvait plus parler, lui non plus.

Ben en tout cas, à ma sœur, il a fallu un sacré bout de temps pour lui faire admettre que « val », c'est pas forcément le métro, mais aussi un mot pour désigner un vallon, une petite vallée, quoi. J'ai même dû lui montrer mon livre de français.

Morts qu'on était. Morts.

En tout cas, j'espère que je ne serai pas interrogé ; je n'arriverai jamais à le réciter sans rigoler.

9

— Je te jure, l'histoire qu'ils ont racontée, c'était exactement la même que la tienne. Ils l'ont vue ! Ils l'ont vue !

Vendredi matin.

Les deux petites étaient dans le bus qui les amenait au collège et Aurélie n'avait pas attendu pour tout rapporter à Flora.

— Ce qui me rassure, fit cette dernière, c'est de savoir qu'elle n'a pas passé la nuit dans le métro.

— En tout cas, maintenant, on devrait pouvoir la retrouver.

— Comment ?

— En demandant au chauffeur du bus, tiens !

— Je ne vois pas ce qu'il va nous dire…

— Tout ! Quand un truc comme ça arrive, ils doivent demander leur nom aux gens, leur adresse, j'en sais rien, moi !

— Oui, mais lui, on lui a juste raconté l'histoire, comment veux-tu qu'il sache tout ça !

— Ben, en tout cas, il peut se renseigner. Oh ! Et puis t'es agaçante à la fin, s'emporta Aurélie. Ce que je dis, ça ne va jamais, comme si toi tu savais toujours tout.

— Mais non, fit Flora, conciliante. Mais tu oseras lui demander, toi, au chauffeur ?

— Un peu, oui, et dès ce soir.

— Bon ben en attendant, descends, on est arrivées.

— Déjà !

— Oui, allez, vite !

— Et ce soir, on y va, hein ? poursuivit Aurélie en descendant du bus.

— Si c'est bien le même chauffeur que d'habitude ! dit Flora plus pondérée.

Curieuse intuition.

Car justement, ce vendredi-là, ce ne fut pas leur chauffeur habituel au volant du 56.

— Quelle guigne ! trépigna Aurélie ; il va falloir attendre lundi !

— Et lundi soir encore ; le matin, c'est jamais lui, dit Flora.

Le chauffeur du 56 fut bien étonné lorsqu'Aurélie, malgré le panneau spécifiant qu'il est formellement interdit de parler au chauffeur, se planta à côté de lui et demanda, un peu intimidée :

— Euh, m'sieur, on voudrait vous demander un truc...

Bien sûr, il connaissait les deux petites, comme tous les élèves qui utilisaient sa ligne régulièrement. Depuis des années qu'il faisait ce secteur, il avait appris à connaître les gamins, rien qu'en les observant monter et descendre de son véhicule et en les écoutant discuter. Il les voyait grandir, changer, évoluer. Les plus vieux le saluaient amicalement, les nouveaux n'osaient pas encore. À la rentrée, il les découvrait, ces nouveaux, les petits « sixième » faisant l'apprentissage de l'autonomie. Au début, ils n'avaient guère confiance en eux. Avant de monter, ils demandaient :

— C'est bien le 56, m'sieur ?

— Et vous allez bien à *Hôpital-Jean-Jaurès* ? ou à *Legendre* ?

Mais très vite, ils prenaient de l'assurance. Les trajets en bus devenaient alors pour eux un moment curieux, isolé entre les contraintes du collège et celles de la famille et qui, finalement, leur appartenait.

Il y pensait souvent, le chauffeur du 56, à ce voyage qu'il offrait quotidiennement à des dizaines de gosses. Oh, bien sûr, ce n'était pas l'aventure, le trajet était connu et balisé ; il avait un point de départ et un aboutissement. Mais quand même. Déjà, les points de départ et d'arrivée étaient différents pour lui et pour chacun de ses voyageurs. Et puis l'ambiance du trajet n'était jamais la même : morose le lundi, gaie et animée le vendredi ; tendue les veilles d'examens, bruyante les soirs de vacances. Chaque jour, aux alentours de cinq heures, son autobus devenait le cadre de vie d'une microsociété où s'épanouissaient les personnalités les plus diverses.

Quelquefois, il fallait mettre le holà. Quand par exemple le bus était coincé dans les embouteillages et que les jeunes s'en prenaient oralement aux conducteurs des voitures ; quand certains profitaient de leur liberté pour goûter à la cigarette ; ou quand, par les journées trop chaudes, ils gesticulaient aux fenêtres ! Et les chewing-gums, en avait-il décollé ! Sous les sièges, sur les vitres, sur les barres d'appui, dans les recoins les plus invraisemblables... Et pourtant, il l'aimait bien sa ligne et il regrettait souvent de voir s'en aller les plus grands qui, une fois en seconde, changeaient d'établissement et empruntaient un autre itinéraire.

Il sourit à Aurélie dans le rétroviseur et lui répondit :

— Tu peux toujours demander, mais je ne garantis pas que je te répondrai.

— C'est au sujet de l'histoire que votre copain vous a racontée... commença Aurélie.

Le chauffeur du 56 fronça les sourcils.

— Vous savez, celle de la dame qui s'est endormie dans le métro et que vos collègues ont retrouvée.

— T'as entendu ça, toi ?

— Ben, c'est pas ma faute, j'étais devant, s'excusa Aurélie.

— Et alors, qu'est-ce que tu veux savoir ?

— Vous connaîtriez pas son nom par hasard ? interrogea Aurélie avec l'impression de se jeter à l'eau.

— Et tu voudrais pas son adresse aussi, des fois ?

— Si ! Si vous l'avez ! dit Aurélie, les yeux brillants.

Le chauffeur du 56 éclata de rire.

— T'es une rigolote, toi ! Ma pauvre petite, comment veux-tu que je sache ça ? C'est juste un truc que mon copain, comme tu dis, m'a raconté.

— Mais vous pourriez pas vous renseigner, des fois ? hasarda Aurélie.

— Mais pourquoi tu veux savoir ça, d'abord ?

— Parce que ma copine et moi, on la cherche.

— Cette dame-là, justement ?

— Oui, c'est toute une histoire…

— Bon, ben tu me la raconteras demain, parce que là, c'est ton arrêt.

— Zut, alors ! Flora, on descend ! lança Aurélie.

Elle se tourna une dernière fois vers le chauffeur :

— Vous essaierez, m'sieur, hein ? Promis, demain, on vous raconte tout !

Il fallut plus d'une semaine aux deux petites pour raconter toute l'histoire au chauffeur du 56. C'est là qu'elles réalisèrent que leur temps de trajet en bus n'était pas si long ! Au moment le plus palpitant, le chauffeur les interrompait :

— Allez, les petites ; c'est votre arrêt !

Quant à lui, il ne put leur fournir aucun renseignement. Il téléphona pourtant au contrôleur qui l'avait informé, qui lui-même essaya de remonter à la source de ses informations. Sans résultat. Personne ne savait qui étaient la mystérieuse jeune femme et son petit garçon. Comme s'ils s'étaient volatilisés dans la ville.

Deux semaines passèrent.

Flora avait rangé le médaillon dans une petite boîte, dans son placard. Elle n'osait pas continuer à l'apporter au collège de peur de le perdre. Parfois, elle ouvrait la boîte, faisait jouer le déclic, la jeune femme apparaissait, toujours aussi fraîche, aussi belle, aussi brune, telle qu'elle l'avait entrevue dans le métro. Elle l'observait quelques instants puis rangeait le tout en soupirant.

Sans doute ne sauraient-elles jamais.

Et pourtant…

BARRIÈRE

Mon Dieu ! Qu'est-ce qu'il doit penser ? Ça fait trois fois que je lui fixe le même rendez-vous et je n'y vais pas. Bon, j'ai des excuses, mais ce n'est pas son problème et surtout, il n'est pas censé le savoir.

La première fois, je me suis trompée d'heure, ça arrive à tout le monde. La seconde fois, je suis restée coincée dans ce stupide embouteillage sur le périphérique. Deux heures pour en sortir. Avec l'autre qui attendait sur le trottoir et le petit chez la gardienne. Quand je me suis retrouvée en centre-ville, c'était bien trop tard ; inutile d'aller là-bas.

La troisième fois, c'était le pompon ! La directrice de l'école qui m'appelle : « Votre fils a de la fièvre, venez le chercher. » J'ai calculé qu'en métro, j'avais juste le temps d'aller le récupérer, de le confier à la voisine et de courir à mon rendez-vous. Ce serait plus rapide qu'en voiture. Seulement, quand je suis arrivée, le petit, il avait quarante. Je l'ai tout de suite emmené chez le médecin... et j'ai raté le rendez-vous pour la troisième fois !

Et c'est pas fini ! Après la consultation, on est rentrés tous les deux. Le petit était complètement assommé, il ne tenait pas debout. Moi non plus, apparemment. On s'est endormis. Tous les deux. Dans le métro.

Et puis bien comme il faut. Les stations, je ne les ai pas vues passer. Pas même la dernière. À un moment, j'ai ressenti une impression bizarre : un grand calme, un profond silence et une obscurité totale. J'avais la tête toute vide et je sentais celle de Julien sur mes genoux. Il transpirait. Je me sentais bien ; complètement reposée. J'ai ouvert les yeux et j'ai eu la plus grande surprise de ma vie : même les yeux ouverts, il faisait complètement noir.

C'est drôle, je n'ai pas eu peur. Il m'a fallu un moment pour comprendre ce qui s'était passé. J'étais tellement bien que je me suis dit que tout finirait par s'arranger. J'ai attendu un peu, et puis j'ai installé Julien sur la banquette et je me suis levée. J'avais vraiment l'impression de vivre un rêve et pourtant, je savais bien que c'était la réalité.

J'ai marché jusqu'au bout du wagon et, par la vitre, j'ai fini par distinguer deux rails qui luisaient faiblement dans l'obscurité et qui s'enfonçaient dans l'inconnu.

Juste à cet instant, la rame s'est remise en route.

Après... oh ! après, tout le monde a été très gentil avec moi. En fait, il n'était pas très tard et je n'ai pas dormi si longtemps que ça. Et heureusement pour moi, la rame partait au garage ! Sinon, j'aurais pu y passer la nuit.

Si je lui raconte cette histoire, il ne me croira pas. En tout cas, demain, je m'y prends de bonne heure : pas question de le rater.

10

Mercredi, deux heures.

Comme à l'accoutumée, Aurélie se préparait à se rendre chez Flora. Elle achevait son cartable : les contrôles pleuvaient et elle avait promis à Flora de lui donner un coup de main en grammaire et en anglais ; en échange, celle-ci devait lui expliquer certains mystères des mathématiques, ou du moins essayer... Belle après-midi en perspective ! Et en plus, il faisait beau.

— Bon, j'ai tout ? fit Aurélie à haute voix. Et le temps, il va faire quoi le temps ?

Elle ouvrit la fenêtre pour vérifier la température et suspendit son geste, la bouche ouverte : dans l'immeuble d'en face, juste vis-à-vis de sa chambre, les volets de l'appartement étaient ouverts, ceux-là mêmes qui étaient restés fermés depuis des années.

— Ça alors, murmura-t-elle. Qu'est-ce qui se passe, là-dedans ? Mais !...

Dans l'encadrement de la fenêtre, la silhouette d'une ravissante jeune femme se détacha : brune, les cheveux relevés au-dessus de la tête, un foulard de soie parme autour du cou... Elle était trop loin pour qu'Aurélie puisse vérifier la couleur de ses yeux mais, elle l'aurait juré, ils avaient la teinte délicate de la violette.

— C'est elle ! murmura-t-elle. Nom d'une pipe !

Elle bondit hors de sa chambre et allait claquer la porte de l'appartement lorsque la voix de sa mère appela :

— Aurélie !

— Attends, je reviens !

— Mais non, ne pars pas comme ça ! J'ai quelque chose à te donner pour la mère de Flora !

— Oui, je ne suis pas encore partie, j'arrive !

— Mais tu vas où, là ?

— Juste vérifier un truc !

— Où ça ?

— Dans l'immeuble d'en face, répliqua Aurélie étourdiment.

Sa mère apparut sur le seuil de la cuisine.

— Dans l'immeuble d'en face ? Qu'est-ce qui te prend ?

Aurélie prit une profonde inspiration et expliqua aussi vite qu'elle put :

— Oui, tu sais, l'appartement du troisième qui a toujours été fermé ; quelqu'un vient d'ouvrir les volets.

— Ah bon ! fit sa mère en se dirigeant à son tour vers la fenêtre.

Aurélie en profita pour s'échapper. Elle descendit les escaliers quatre à quatre, traversa la rue, s'engouffra sous le porche en face, entreprit l'ascension des étages et arriva, à bout de souffle, sur le palier du troisième. Là, elle s'arrêta.

« Et maintenant, se dit-elle, tant pis, je frappe. On verra bien. »

Elle heurta le panneau de bois de deux coups timides, puis de deux autres plus forts. Pas de réponse. Elle posa alors la main sur la poignée, essaya d'ouvrir, sans résultat.

Elle fit demi-tour tristement, et redescendit l'escalier la tête basse.

— Qu'est-ce qui t'a pris ? lui demanda sa mère en la voyant revenir. Ça ne va pas de te précipiter comme ça chez les gens ?

— Rien, rien. Un pari que j'avais fait avec Flora.

Sa mère leva les yeux au ciel.

— À vous deux, on peut dire que vous faites la paire, tiens. Au fait, pendant que tu descendais à toute allure, il y a une jeune femme qui est sortie de l'immeuble. C'est peut-être elle qui a ouvert les volets ; je ne l'ai jamais vue dans le quartier.

— Une jeune femme brune ? Les cheveux relevés ? fit Aurélie, à nouveau tout excitée.

— Oui, c'est ça.

— Avec un foulard parme autour du cou ?

— Pas remarqué le foulard.

— Ça ne fait rien, c'est elle.

— Qui ça, elle ?

— Personne. C'est pas grave. Je vais chez Flora ! claironna Aurélie.

— N'oublie pas ton cartable !

— Ah oui, c'est vrai !

— J'ai mis le paquet pour sa mère dedans. Tu penseras à le lui donner.

— Pas de problème !

Quand Aurélie eut relaté les événements à Flora, les bonnes résolutions concernant mathématiques, grammaire et anglais furent aussitôt oubliées.

— Il faut retourner chez toi et faire le guet, déclara Flora.

— Tu crois ?

— Oui. Elle ne peut pas passer son temps à disparaître. Si elle était dans l'appartement, elle va revenir. Elle a laissé les volets ouverts ?

— Oui.

— Tu vois, c'est une preuve.

— Sauf qu'on peut guetter longtemps, dit Aurélie.

— C'est toi qui hésites, maintenant ! s'emporta Flora.

— Non, mais... si elle ne revient que cette nuit, ou demain...

— Et si elle est en train de revenir là, maintenant, pendant que tu perds ton temps à discuter ? coupa Flora.

— C'est vrai. On y va.

Aurélie se leva.

— Elle va pas trouver ça bizarre, ta mère, qu'on reparte chez moi ? demanda-t-elle.

— Tu parles, depuis le temps qu'on fait des allées et venues entre les deux maisons, elle a l'habitude. Attends, je prends juste le médaillon...

— Et tes affaires de classe ! rappela Aurélie.

— Aïe, aïe, aïe... les contrôles ! Comment on va faire ?

— En guettant, on aura peut-être le temps.

— Oui, t'as raison, approuva Flora. Maman ! On retourne chez Aurélie ! lança-t-elle à l'adresse de sa mère.

— Vous n'allez pas faire la navette toute la journée ?

— Non, non ! On reste là-bas !

— Et les devoirs ?

— On s'y met !

Elles passèrent tout le chemin à échafauder des plans.

— Si elle revient, il ne faut pas faire comme j'ai fait, se précipiter dans l'escalier, dit Aurélie. C'est le meilleur moyen de la louper. La preuve. Il faut que tu restes en haut pour le cas où elle sortirait de l'immeuble et voir la direction qu'elle prend, pendant que moi, je vais là-bas.

— Ou l'inverse, dit Flora.

— Ou l'inverse, répéta Aurélie.

Avant d'ajouter :

— Je me demande vraiment si elle va revenir.

— Moi, ce n'est pas ça que je me demande, dit Flora.

— Ah bon ? C'est quoi alors ?

— Si c'est vraiment elle.

— Non mais, t'es folle ou quoi ?

— Attends, tout ce que l'on a, c'est un médaillon. Moi, je l'ai aperçue une fois dans le métro, à peine quelques secondes ; et toi, elle était de l'autre côté de la rue !

— Oui, mais quand même, ce serait trop de coïncidences ! Justement là où le médaillon a été perdu...

— C'est vrai, concéda Flora. Oh ! Et puis tiens, j'en sais rien.

— Moi, je crois...

Aurélie s'arrêta net.

Elles venaient de tourner le coin de sa rue et il leur restait une cinquantaine de mètres à parcourir avant d'arriver chez elle. Elle posa la main sur le bras de son amie :

— Flora, regarde.

— Quoi, elle est déjà là ?

— Elle, non, mais lui, si. Ma petite Flora, je crois que j'avais raison. Si ce n'est pas un rendez-vous, ça !

Flora dut se rendre à l'évidence : le monsieur qui attendait devant le porche de l'immeuble d'en face ne faisait qu'une seule et même personne avec celui qu'elles avaient vu, trois semaines auparavant et qui avait été, après tout, le point de départ de toute l'histoire.

— On y va ? proposa Aurélie.

— Quoi faire ? demanda Flora.

— Lui parler, tiens !

— Tu manques pas d'air, toi.

— Ben, on va lui rendre le médaillon. Il ne lui a peut-être pas encore dit qu'il l'a perdu.

— Mais si c'est pas lui !

— Qui veux-tu que ce soit ?

— J'en sais rien. En tout cas, j'oserai jamais.

— Quelle froussarde !

— Froussarde, froussarde ! s'insurgea Flora. En tout cas, c'est moi qui y suis allée, impasse Kossath.

— Bon, d'accord. Mais maintenant, il y a ce type et on ne peut pas courir le risque de le voir repartir. Et si la jeune femme ne revenait pas ?

— Oh ! On fait comme tu veux, dit Flora à regret. Mais c'est toi qui parles.

— O.K. Mais tu restes à côté de moi.

— Si tu veux.

— Bon, on y va.

Les deux fillettes s'avancèrent d'un air dégagé, traversèrent la rue et se plantèrent devant l'inconnu. Celui-ci avait l'air jeune, et plutôt sympathique, constata Flora, malgré sa veste trop ample.

— Bonjour, monsieur, dit Aurélie poliment.

— Bonjour. Vous voulez entrer, peut-être, ajouta-t-il en s'écartant du porche.

— Non, non.

— Vous n'habitez pas là ?

— Non, en face.

— Ah ! fit le monsieur sans comprendre.

— Vous n'auriez pas rendez-vous, des fois, fit Aurélie en se jetant à l'eau.

— Si, fit le jeune homme, surpris.

— Avec une dame ?

— Oui, mais comment…

— Elle est brune, n'est-ce pas, avec les cheveux relevés, et très belle ? poursuivit Aurélie.

— Mais…

— Et des yeux comme des violettes, coupa Flora qui s'enhardissait.

— Mais je n'en sais rien, moi ! déclara le jeune homme.

Les deux petites le regardèrent sans comprendre.

— Comment ça, vous n'en savez rien ! s'insurgea Aurélie. Et le médaillon ?

Un lent sourire s'épanouit sur le visage du jeune homme :

— C'est une blague, hein ? Vous avez fait un pari avec les copains ?

— Un pari ! s'exclama Flora, outrée.

— Mais vous avez bien rendez-vous ! répéta Aurélie.

— J'ai bien rendez-vous, avec une dame, je ne sais pas du tout quelle tête elle a et d'ailleurs…

Il consulta sa montre.

— Elle ne va pas tarder à être en retard et cette fois-ci, je n'ai pas l'intention d'attendre.

— Les autres fois non plus, elle n'est pas venue, constata Aurélie.

— Comment le sais-tu ?

— J'ai bien vu.

— Mais tu as vu quoi ?

— Peut-être qu'elle ne vous aime pas… lâcha Aurélie.

— Dites donc vous deux, si c'est pas un gag, il faudrait vous expliquer clairement, je ne comprends rien à toute cette histoire.

— Oh ! Regardez ! La voilà ! s'exclama Flora en tendant le bras.

Au bout de la rue, du côté opposé à celui par où les fillettes étaient arrivées, une silhouette s'avançait : celle d'une femme de taille moyenne, fine et élancée, à la chevelure brune relevée au-dessus de la tête.

— Nom d'une pipe, c'est vrai qu'elle est jolie, murmura le jeune homme.

La jeune femme tendit gracieusement la main :

— Bonjour ; Clarisse Legrand. Vous êtes monsieur Gendron, n'est-ce pas ?

— Oui, c'est cela. Frédéric Gendron.

— Ce sont vos petites filles ? demanda-t-elle en adressant un sourire à Flora et Aurélie.

— Euh… pas vraiment.

— Attendez, coupa Aurélie ; vous aviez bien rendez-vous avec ce monsieur, n'est-ce pas ?

— Oui, bien sûr.

— Et vous ne le connaissez pas ?

La jeune femme éclata de rire.

— Tu sais, dans notre métier, on connaît rarement les gens à qui on fixe un rendez-vous.

— Dans votre métier… répéta Aurélie sans comprendre.

À cet instant, Flora poussa Aurélie du coude et chuchota :

— Aurélie, regarde ! Les yeux !

Et Aurélie découvrit avec horreur que les yeux de la jeune femme n'avaient en rien la teinte de la violette. Ils étaient banalement marron, tout comme les siens.

— Vous avez les yeux marron ! s'exclama-t-elle étourdiment.

— Oui ; tu n'aimes pas ?

— Si, mais…

Aurélie ne réussit pas à continuer.

— Sur le médaillon… enchaîna Flora.

— Vous avez trouvé mon médaillon ! s'exclama la jeune femme. Quelle chance !

— Non mais attendez, coupa Frédéric, est-ce que quelqu'un ici pourrait m'expliquer ce qui se passe ? Et d'abord, qui sont ces petites filles ? Je venais visiter un appartement et je me retrouve embarqué dans une histoire que même moi je n'aurais pas réussi à inventer !

— Visiter un appartement, oh ! s'exclamèrent les deux petites en chœur.

En un éclair, elles venaient de comprendre.

Oui, le jeune homme et l'inconnue avaient bien rendez-vous. Non, ils ne se connaissaient pas. C'était dans le cadre de son travail à elle, tout simplement. Ils avaient dû se manquer plusieurs fois, voilà tout, la jeune femme venant plus tôt ou pas du tout, ce qui expliquait que les petites ne l'aient jamais vue. D'un seul coup, une foule de choses trouvaient leur raison d'être, et Flora commençait à se demander comment elles allaient se sortir de ce pétrin.

— Pour commencer, dit la jeune femme, inutile de rester sur le trottoir. On gêne le passage et on va finir par se faire remarquer. Où habitez-vous, mesdemoiselles ?

— Moi, en face, dit Aurélie ; et Flora, trois rues plus loin.

— En tout cas, si vous prenez cet appartement, vous aurez une charmante voisine, fit remarquer Clarisse avec un sourire. Alors, mesdemoiselles, vous allez me laisser faire mon travail, c'est-à-dire essayer de convaincre ce monsieur que l'appartement du troisième correspond exactement à ce qu'il recherche. Pendant ce temps, vous allez demander la permission à votre maman de me rejoindre, quand j'aurai terminé, là-bas, au bout de la rue. Il y a un petit café très sympathique…

— Chez monsieur Bernard ? l'interrompit Aurélie.

— C'est ça, chez monsieur Bernard. Je vous offrirai une menthe à l'eau et vous me raconterez tout. Cela vous convient, monsieur Gendron ?

— À une condition : que j'assiste à l'entretien. Je veux connaître la fin de l'histoire.

— Vous voyez, vous avez une chance inouïe, dit Clarisse gaiement. Vous allez trouver en même temps un superbe appartement et une aventure à écrire. C'est bien votre métier, n'est-ce pas ?

JAURÈS

J'ai trouvé un foulard de soie dans l'escalier. Joli. De la belle soie. Et une couleur ! Indéfinissable. Je me suis dit : « Quelqu'un a dû le perdre. » J'ai fait tous les étages. Je suis même montée au quatrième, chez les étudiantes. Oh ! elles ont été très aimables, mais le foulard n'appartient pas à l'une d'entre elles. C'est curieux, tout de même. Quelqu'un l'a forcément perdu en montant ou descendant les escaliers. Si ce n'est pas un habitant de l'immeuble, c'est un visiteur. Mais personne ne se souvient d'avoir reçu la visite d'une dame portant un foulard comme celui-ci.

C'est malheureux, une qualité comme ça ; c'est ce que je disais à ma voisine de palier. Et puis, le bébé s'est mis à hurler ; je me suis sauvée.

Joseph m'a dit que j'avais qu'à le garder. Moi, ça me gêne. Il vaut cher, sans doute ! Et puis, sans savoir qui l'a porté avant moi, pouah! Je pourrais le laver, mais la soie, c'est fragile.

Tant pis, je vais le ranger, quelqu'un finira peut-être par le réclamer.

Il n'y en a qu'un à qui j'ai pas demandé: le monsieur du troisième, celui qui dort le jour. Je n'ai pas osé sonner, pour ne pas le déranger. Et puis, j'ai pensé que les messieurs ne portent pas de foulards en soie.

Quoique lui, il soit tellement bizarre...

11

— En tout cas, vous aviez raison, commença Frédéric en versant de l'eau sur son sirop de menthe. Cet appartement correspond exactement à ce que je cherchais. Et il est resté vide pendant des années, c'est incroyable !

— Une querelle de copropriétaires, expliqua Clarisse. En tout cas, je suis ravie qu'il vous convienne. Peut-être ainsi me pardonnerez-vous de vous avoir fait faux bond trois fois de suite.

— Vous aviez à chaque fois une bonne raison, n'est-ce pas ? Tenez, revoilà vos jeunes invitées.

Aurélie et Flora s'assirent timidement à leur table.

— Et ta maman, elle n'a pas trouvé curieux que je vous invite au café, au fait ? interrogea Clarisse.

— Si, mais je lui ai dit que Flora et moi, on avait trouvé un médaillon qu'on voulait vous rendre. Et puis, elle connaît bien monsieur Bernard.

— Ah, alors ce médaillon, fais voir si c'est bien le mien.

Flora sortit timidement le bijou de sa poche et le posa sur la table. Une bouffée d'émotion envahit Clarisse, tandis qu'elle le caressait du bout des doigts.

— J'ai dû le perdre devant chez toi, la première fois que je suis venue et que j'ai manqué monsieur. Quelle chance que tu l'aies trouvé !

— C'est Flora, précisa Aurélie.

— Merci, Flora, murmura Clarisse en plantant son regard noisette dans le sien.

— Mais c'est pas vous, dedans ? interrogea la fillette.

Clarisse secoua la tête.

— Je peux voir ? demanda Frédéric.

— Bien sûr.

Clarisse fit jouer le déclic et la jeune femme apparut.

— Je comprends qu'elles s'y soient trompées, fit le jeune homme. Elle vous ressemble étonnamment.

— Et pourtant… Je ne sais même pas qui c'est, avoua Clarisse.

— C'est vrai ? firent Aurélie et Flora d'une même voix.

— Bon, attendez, intervint Frédéric. Je propose que ces demoiselles racontent leur histoire, car moi, elle m'intrigue fortement. Puis, vous nous direz celle du médaillon. D'accord ?

Les fillettes échangèrent un regard :

— D'accord, dit Flora. Commence, toi, Aurélie.

— Non, toi, vas-y.

— Bon, en fait, c'est à cause de vous... Aurélie était persuadée que vous aviez rendez-vous...

— Tu vas pas tout raconter ! coupa Aurélie.

— Ben si !

— Eh bien vous n'allez pas me croire, dit Clarisse lorsque les petites eurent terminé leur récit, mais je n'avais jamais eu l'idée de retirer ce portrait de sa monture. J'ignorais complètement qu'il y eût une inscription au dos.

— Allez, c'est à vous. Dites-nous l'origine de ce médaillon.

— Oh, c'est très simple et très curieux. C'était l'été, il y a plusieurs années de cela. J'étais partie en vacances en Turquie avec un ami. Nous avions longé la côte loin vers le sud par les petites routes. Nous allions doucement, nous arrêtant pour nous baigner lorsqu'il faisait trop chaud et pour déguster du poisson grillé, le soir, dans des tavernes.

« Un après-midi, il faisait très chaud, comme à l'accoutumée. Nous somnolions et n'avions envie de conduire ni l'un ni l'autre. Nous nous sommes arrêtés au bord d'un champ au milieu duquel se trouvait un arbre, et nous nous sommes allongés à l'ombre. Je me souviens très bien de l'endroit : les couleurs, très vives, l'ocre de la terre, le bleu du ciel, le vert de l'arbre. Et la chaleur aussi, les cigales qui chantaient ; on n'entendait rien d'autre. Et ce parfum inimitable de soleil et de midi. Nous avons sommeillé, l'esprit serein, tout emplis de ce paysage qui nous accueillait. Peu à peu l'ombre de l'arbre s'est allongée. Je me suis redressée et je me suis assise. Mon compagnon dormait encore. Tout était si calme. J'ai pensé que des gens vivaient ici, avec l'intensité du ciel et l'odeur de la terre. J'ai appuyé ma main sur le sol et j'ai senti quelque chose de dur ; machinalement, j'ai regardé : c'était une piécette. À côté, il y en avait une autre. J'ai gratté un peu, quelque chose brillait. J'ai trouvé trois autres piécettes, un coupe-ongles et le médaillon.

— Et vous l'avez emporté, dit Flora.

— C'est vrai. Ce coin était tellement désert, et il avait l'air d'être là depuis si longtemps…

— Et l'inscription, alors ? interrogea Aurélie.

Clarisse haussa les épaules en signe d'ignorance :

— Aucune idée.

— Vous n'habitez pas rue Kossath, alors, dit Flora.

— Je ne sais même pas où c'est ! déclara la jeune femme.

— C'est peut-être le nom d'un village, là-bas, en Turquie, dit Frédéric.

— Et 87 ?

— Je ne sais pas. L'année, peut-être ? 1987 ? Je crois que nous n'aurons jamais la réponse...

— Et vous, m'sieur, c'est quoi votre histoire ? interrogea Aurélie.

— Oh ! fit Frédéric. La mienne est bien banale. Je suis à la recherche d'un appartement ; j'étais, plutôt. Car j'ai décidé de louer celui-ci. Non, tu vois, moi, les histoires, je ne les vis pas, je les invente. On ne peut pas tout faire.

— Et vous les écrivez ? questionna Flora.

— Quelquefois.

— Vous allez écrire celle-ci ? demanda Aurélie.

— Je ne sais pas encore.

— En tout cas, on va être voisins. J'habite au troisième moi aussi, mais de l'autre côté de la rue.

— Génial. Mais fini d'imaginer des trucs à mon sujet, vu ?

— Tout vu, répliqua Aurélie. En tout cas, il y en a un qui va être content qu'on lui raconte tout ça, c'est le chauffeur du 56 ! Bon, Flora, faut qu'on y aille, ma mère va se demander où on est passées.

— Ouais. Et j'ai un contrôle d'anglais demain, moi.

— Attendez une seconde, dit Clarisse.

Elle ramassa le médaillon qui était resté ouvert sur la table, le referma, le posa au creux de la main de Flora et referma les doigts de la fillette dessus.

— Tiens, il est à toi maintenant.

Et comme la petite la regardait, étonnée, elle ajouta :

— Tu vois, c'est son destin : être perdu, être trouvé. Moi, pendant des années, j'ai inventé une foule d'histoires sur ce bijou, sur cette jeune femme. Maintenant, c'est à toi. Vous avez d'ailleurs bien commencé, bravo ! Un jour sans doute, tu le perdras, toi aussi. Ne le cherche pas. Celui qui le trouvera inventera la suite de son histoire.

GRAND LARGE

Dans les villes, les gens vont. À pied, à bicyclette, en patins à roulettes. Dans les villes, les gens viennent. En voiture, en bus, en métro. Ils avancent, ils cheminent, ils courent, ils flânent... Des rêves et des pensées roulent dans leur tête. Ils n'y prennent pas garde. Leurs songes s'enfuient sur le bitume et le ciment des trottoirs. Quelquefois, les enfants les rattrapent ; ils en tissent des histoires.

Trésor de LECTURE

LA RIVIÈRE À L'ENVERS

Jean-Claude Mourlevat

L'odyssée onirique de Tomek, 13 ans, à la recherche d'une rivière miraculeuse… ou comment tomber amoureux d'une fille extraordinaire.

Dès 11 ans / 6ᵉ

PKJ.

Cet ouvrage a été composé par
Francisco *Compo* - 61290 Longny-au-Perche

Imprimé en France par CPI
en novembre 2018
N° d'impression : 2039944

S13082/16

PKJ
www.pocketjeunesse.fr
• POCKET JEUNESSE

FSC
www.fsc.org
MIXTE
Papier issu de
sources responsables
FSC® C003309

Pocket Jeunesse, une marque d'Univers Poche,
est un éditeur qui s'engage pour
la préservation de l'environnement
et qui utilise du papier fabriqué à partir
de bois provenant de forêts gérées
de manière responsable.